ISBN : 978-2-84965-519-1

éDitiOns Asuka
Secret girl
AkoShimaki
4

Sommaire

Secret
girl

et histoire

Secret girl

Momoko Takanashi

Sur les ordres de sa mère, elle est actuellement en première année dans un lycée pour garçons.

REUX

JUMEAUX

AMOUREUX ♥
DE MOMOKO

Yôsuke Saeki

Délégué des internes de l'école Toribayashi. Amoureux de Momoko.

Akira, frère de Momoko

Actuellement en fugue. Son rêve est de devenir photographe.

Lycéenne depuis le printemps, Momoko fait sa scolarité dans un internat pour garçons !! Suite à la fugue de son frère jumeau, sa mère l'a en effet obligée à prendre sa place. Elle sera bien évidemment renvoyée si son secret est découvert.

Cheveux courts et poitrine bandée, Momoko fait de son mieux mais Itô, son compagnon de chambre finit par découvrir le pot aux roses ! Connaissant maintenant la vérité, il devient son allié et, attirés l'un par l'autre, ils tombent finalement amoureux. ♥

Mais la vie à l'internat est loin d'être simple ! De la déclaration d'amour de Saeki, qui soupçonne quelque chose, au retour de son frère, la vie de Momoko et d'Itô est semée d'embûches !

Secret girl

Personnages

AMOU

AMOUREUX D'ITÔ ♥

KAWAKAMI

Camarade de classe de Momoko et d'Itô. Il est amoureux d'Itô ! ♥

KUNIO ITÔ

Compagnon de chambre et petit ami de Momoko. Il est beau et intelligent au point d'être le premier de sa promotion. Grand succès auprès des filles.

De plus, ils ne cessent d'être importunés par Kawakami qui est amoureux d'Itô. À tel point que Momoko perd patience et lui donne un coup de poing. Depuis, elle est également l'objet de sa passion... ♥
Les vacances d'été arrivent. Momoko et Itô décident de rester seuls à l'internat mais ils sont dérangés tour à tour par la visite soudaine de la mère de Momoko et le retour de Kawakami et de Saeki. Afin de profiter d'un peu de tranquillité, Momoko et Itô finissent par partir en voyage pour se créer des souvenirs ensemble, mais là encore, les imprévus se multiplient ! La nuit d'amour avec Itô devra encore attendre...

TIENS ...
TU AS ENCORE GRANDI, ITÔ ?
AH BON ? TU TROUVES ?
TU AS PEUT-ÊTRE GRANDI PENDANT LES VACANCES ?
C'EST VRAI QU'ON EST EN PLEINE PÉRIODE DE CROIS-SANCE !
...
TOI AUSSI, TU AS UN PEU PRIS, TU NE CROIS PAS ?

HEIN ? TU CROIS ?
EUH... JE PARLAIS PAS DE ÇA...
ALORS DE QUOI ?
SST
GLUP
J... JE DOIS ME FAIRE DES IDÉES. FILONS VITE DANS LA CHAMBRE !
HEIN ? EH !
ALORS ? D'OÙ EST-CE QUE J'AI GRANDI ?
ガチャ
TCHAC
JE TE DIS QUE C'EST MOI QUI ME FAIS DES...

BIENVENUE !
GYAA !!
VOUS AVEZ FAIT UN LONG VOYAGE ! J'ÉTAIS TRISTE TOUT SEUL !
"TOUT SEUL" ?
ET SAEKI ?
ILS SONT VENUS LE RECHERCHER APRÈS VOTRE DÉPART.
DU COUP, JE ME SUIS RETROUVÉ TOUT SEUL.
NON ! J'IRAI PAS !
TU IRAS !
J... JE VOIS...
ALORS, JE...
JE...

TCHAC
J'ÉTAIS ABANDONNÉ !!
HII...
FROT
FROT
HIIII !!
TU... ÇA FAIT MAL...
MÊME SI J'AI LA POITRINE BANDÉE, C'EST QUAND MÊME ASSEZ GÊNANT...
JE T'AI FAIT MAL ?
FROT
CARESSE-MOI LA TÊTE !
FROT
C'EST MOI QUI VAIS TE CARESSER LA TÊTE !

J'AI CARESSÉ TROP FORT PEUT-ÊTRE ...
FUU...
AVEC MES POINGS !
CLAC
CLAC
GYAA !!
BAM
...
BATAM
ÇA LUI A FAIT MAL ?
POURQUOI ?
ET CETTE ÉTRANGE ÉPAISSEUR SUR SON TORSE...

IL Y A QUELQUE CHOSE QUI CLOCHE...
ITÔ, TU N'ÉTAIS PAS OBLIGÉ DE TE FÂCHER COMME ÇA !
ÇA M'A SURPRISE. MAIS APRÈS TOUT, KAWAKAMI PENSE QUE JE SUIS UN HOMME !
IL N'AVAIT PAS DE MAUVAISES INTENTIONS. IL NE FAUT PAS LUI EN VOULOIR, LE PAUVRE !
AH !
OU ALORS, TU ES JALOUX ...
PARCE QU'IL M'A TOUCHÉ LA POITRINE ?
...

C'EST MAL ?
AH...
QUOI QU'IL EN SOIT, SI ON SE REPOSAIT UN PEU, AUJOURD'HUI ?
JE SUIS FATIGUÉ.
JE VAIS ME CHANGER.
AH ! MOI AUSSI ! J'AI PAS MAL TRANSPIRÉ !

TIENS ? MES SEINS ONT GROSSI ?
ELLE AURAIT SUFFISAMMENT GROSSI POUR QU'ITÔ S'EN APERÇOIVE ?
AH...
AH... TOUT À L'HEURE, C'EST DE MA POITRINE QU'IL PARLAIT.
HAA
TOI AUSSI, TU AS UN PEU PRIS, TU NE CROIS PAS ?
À CE PROPOS, IL N'A JAMAIS TOUCHÉ MES SEINS NUS...
JE ME DEMANDE QUELLE SENSATION ÇA FAIT ?

QUAND LA PERSONNE QUE L'ON AIME NOUS CARESSE...
ÇA DOIT ÊTRE AGRÉABLE...
ET ITÔ...
SSS
QU'EST-CE QU'IL RESSENTIRA ?
...

EUH, OÙ SONT LES BANDES PROPRES, DÉJÀ ?
AH ! LES VOILÀ !
OH ! HISSE !
Bandes de coton douces pour la peau

C'EST ÇA ?
AH...
OU...
OUI...
IL EST TORSE NU...

SA PEAU...
AH, C'EST VRAI...
BABOM
JE LE GÊNE.
BABOM
BABOM
IL FAUT QUE JE ME POUSSE.
...
JE SUIS SI NERVEUSE QUE MON CORPS...
FINALEMENT NON.
MAIS...
CONTRE LA MIENNE...
BABOM
BABOM

POURQUOI TU NE RESTERAIS PAS COMME ÇA ?

HAA
AH...

EUH... MAIS...
MAIS QUOI ?
TU NE ME PASSES PAS MES BANDES ?
PLUS TARD.
MAIS JE TRANS-PIRE...
OUAH...
ENLÈVE TES MAINS ...
OU...
OUI...
SES MAINS SONT SI PROCHES...

VLAN
EH ! TAKANASHI !!
VON
QU… QU'EST-CE QUE TU VEUX ?!
J'AI VU TA POITRINE !
DEPUIS LE DÉBUT, TU LA CACHES, HEIN ?!
NON…
INUTILE DE MENTIR !

UNE F...
HM ?
OUH...
IL SAIT QUE JE SUIS UNE F...
TU ES BLESSÉ AU TORSE, C'EST ÇA ?!
POURQUOI TU ME L'AS PAS DIT ?!!
"BLESSÉ" ?
TAKANASHI... C'EST BIEN UN ÉNORME PANSEMENT QUE TU AS SUR LE TORSE, NON ?
TU AS DÛ ÊTRE GRIÈVEMENT BLESSÉ !!
HIC HIC
UN ÉNORME PANSEMENT ...
EST-CE QU'IL PARLE DE MA BANDE ?

JE SUIS PAS BLESSÉ !
MAIS TOUT À L'HEURE, TU AS DIT QUE ÇA TE FAISAIT MAL !
SI TU N'ES PAS BLESSÉ, C'EST QUOI CE PANSEMENT, ALORS ?!!
GLUP
...
TU ES MALADE, C'EST ÇA ?! IL FAUT QUE TU AILLES À L'HÔPIT...
TU NOUS ESPIONNAIS ?
C'EST PAS LE MOMENT DE PARLER DE ÇA...
TU VEUX QUE JE TE PERCE LE CRÂNE ET QUE J'OB-SERVE TA CERVELLE ?
AH... EUH ...
M...
HEIN ?

DASH
MAIS JE VOULAIS VOIR TAKANASHI TOUT NU !!
EN-FOIRÉ !
Y A UN TRUC QUI CLOCHE... EST-CE QUE C'EST QUELQUE CHOSE DONT IL NE PEUT PAS PARLER ?
MAIS IL PEUT ME LE DIRE, À MOI !
MOI AUSSI, JE ME FAIS DU SOUCI...
HIC
GHH
ALORS...
FAIT CHIER...
J'EN AURAI LE CŒUR NET !!

IL VEUT ME VOIR NUE (MÊME S'IL PENSE QUE JE SUIS UN HOMME)...
KAWAKAMI...
IL EST DONC BIEN GAY...
MAINTENANT, IL SE POSE DES QUESTIONS SUR TON CORPS !
LE CONNAISSANT, IL NE LÂCHERA PAS L'AFFAIRE TANT QU'IL NE SERA PAS PARVENU À SES FINS !
HEIN ?! COMMENT ON VA FAIRE ?
NE T'INQUIÈTE PAS !
JE PROTÈGERAI TON CORPS !
...

JE SERAI SANS PITIÉ !
GRR
IL A L'AIR PLUS ÉNERVÉ QUE D'HABITUDE ...
MOI AUSSI, JE DOIS FAIRE ATTENTION !
CE SERAIT EMBÊTANT QU'IL DÉCOUVRE QUE JE SUIS UNE FILLE.
MAIS SURTOUT...
MON CORPS N'APPARTIENT QU'À ITÔ.
EH, TAKANASHI !
INTERNAT POUR GARÇONS

KAWAKAMI ...
AH !
TU NE DEVRAIS PAS FAIRE LE MÉNAGE ! TU ES BLESSÉ !
MAIS C'EST LE RÈGLEMENT... ET JE VAIS BIEN !
TU SAIS, JE SUIS DOUÉ POUR LES MASSAGES !
CROIS-MOI !
...
TU M'ÉCOUTES, OUI ?
SI JE TE GUÉRISSAIS PAR DES MASSAGES ? JE TE PROMETS DE FAIRE DE MON MIEUX !
ME MASSER ...
SI T'ÉTAIS UNE FILLE, CE SERAIT ÉVIDEMMENT INENVISAGEABLE...
HEIN ?!

LES SEINS DES FILLES, C'EST DE LA GRAISSE, NON ?
COMMENT ON PEUT AVOIR ENVIE DE TOUCHER ÇA ? C'EST TOUT FLASQUE !
ぶよん
BOYOM
ぼよん
BOYOM
BEURK
AH... HUM...
TOUT FLASQUE...
AH... MAIS J'AI SOUVENT ENTENDU DIRE QUE LES FILLES, C'EST AGRÉABLE...
HUM
HUM
HUM
HUM
LES FILLES SONT PEUT-ÊTRE AGRÉABLES MAIS...
IL DOIT Y EN AVOIR DES BIZARRES, AUSSI !
SÛREMENT !
AVEC DES NICHONS DIFFORMES !

ENFIN BON ! ÇA NOUS CONCERNE PAS !
"DIFFORMES" ?
HEIN... AH... OUI...
C'EST VRAI...
ÇA A VRAIMENT UNE FORME BIZARRE. JE SUIS SÛR QU'UN MASSAGE LUI FERAIT LE PLUS GRAND BIEN !
HUM
OH !
REGARDE !! QU'EST-CE QUE C'EST ?!
HEIN ?!
KLING
QUOI ?
GWAA
C'EST PARTI POUR LE MASSAGE !

DOMMAGE !
À FORCE DE FOURRER TON NEZ PARTOUT…
TAKANASHI VA FINIR PAR T'EN VOULOIR !
REVIENS QUAND TU AURAS CORRIGÉ CES MAUVAISES HABITUDES !
VIENS, TAKANASHI.
OUI.
…
OUH…
FAIT CHIER… IL ME PREND POUR UN PARASITE…
UN PARASITE…
C'EST ÇA…

IL SUFFIT JUSTE QU'IL SE DÉSHABILLE DE LUI-MÊME...
DE QUOI TU PARLAIS, AVEC KAWAKAMI ?
HEIN ?! DE RIEN ...
UM...
J'AI L'IMPRESSION QU'IL A FABRIQUÉ UN DOUBLE DE NOS CLÉS PENDANT NOTRE ABSENCE.
HEIN ?
JE CROIS QU'ON DEVRAIT CHANGER LA SERRURE.
COMME ÇA, ON POURRA ÊTRE TRAN-QUILLES !
TOI...
ET MOI...
TAC
AH...

ÇA PEUT ATTENDRE...
NON ?
...
POURQUOI ?
ÇA NE T'ENNUIE PAS, QU'IL NOUS SURPRENNE ?
BAH... C'EST QUE ÇA COÛTE CHER ET QUE C'EST PAS SYMPA POUR KAWAKAMI !
IL A PERSONNE !
HEIN ?!
AH ! JE DOIS BALAYER LÀ-BAS AUSSI !!
À TOUT À L'HEURE !
PARTIE
AH !
EH ! C'EST PAS LE PROBLÈME !

QU'EST-CE QUI LUI PREND TOUT À COUP ?
KAWAKAMI PRÉFÈRE LES HOMMES. IL EST SÛREMENT PLUS DUR AVEC LES FILLES MAIS...
EN Y RÉFLÉCHISSANT, CONTRAIREMENT AUX FILLES NORMALES, J'AI TOUJOURS LES SEINS BANDÉS...
ALORS LEUR TEXTURE ET LEUR FORME NE SONT PEUT-ÊTRE PAS NORMALES !
PFF !
ILS SONT MARRANTS, TES SEINS !
JE N'AI PLUS AUCUNE CONFIANCE EN MOI.
SI CELUI QUE J'AIME SE MOQUAIT DE MOI NE SERAIT-CE QU'UN SEUL INSTANT...

JE N'AURAIS PLUS QU'UNE ENVIE : MOURIR.
KUNIO ITÔ
AKIRA TAKANASHI
ぽつん
POK
...
DEPUIS L'AUTRE JOUR, TAKANASHI RESTE DE MOINS EN MOINS DANS LA CHAMBRE.
PFF...
...
EST-CE QUE JE ME SUIS MONTRÉ TROP PRESSANT ?

SALUT !
JE TE VOIS SOUVENT SEUL, CES DERNIERS TEMPS !
ぷいっ
JE FAIS EN SORTE DE NE PAS TROP PARLER AVEC TOI.
HEIN ?!
JE VOIS...
C'EST DOMMAGE...
もぞ…
HEIN ?
À... À... À... À L'INSTANT...
TU M'AS MIS QUELQUE CHOSE DANS LE DOS ?
NON NON.
CE SERAIT PAS UN INSECTE, PLUTÔT ?

AH ! OUAIS ! C'EST POUR ÇA QUE ÇA BOUGE !
C'ÉTAIT JUSTE ÇA !!
...
INTERNAT POUR
GWAAAA!!
QU'EST-CE QUI SE PASSE ?
ENCORE LUI ?
TSS !

SI SEULEMENT JE POUVAIS RETIRER MON T-SHIRT… MAIS JE NE PEUX PAS, ICI !
JE… J'AI HORREUR DE ÇA !!
AH ! ET SI J'ENLEVAIS SEULEMENT MON BANDAGE ? J'AI UN T-SHIRT, ALORS ÇA VA, NON ?!
T… TU VEUX QUE JE T'AIDE ?
J'AI PEUT-ÊTRE POUSSÉ LE BOUCHON UN PEU LOIN ?
MÊME AVEC UN T-SHIRT, JE NE PEUX PAS ! KAWAKAMI EST ENCORE LÀ…
NON !!
もぞ…
ÇA BOUGE…
GWAAA !
IL EST PASSÉ SOUS LA BANDE !!
TCHAC
ガバッ
…
YAAH !

VITE !!
QU...
...
AH...
LA BANDE !!
JE DOIS VITE LA RETIRER !!

...
QU'EST-CE QUE VOUS FOUTEZ ?

DÉSOLÉ.
TU POURRAS TENIR LE COUP ?
"TENIR LE COUP" ?

COMMENT ?!
JE LE SAVAIS ...
TU CACHES QUELQUE CHOSE !!
MENTEUR ! ÇA SE SOIGNE PAS PAR DES MASSAGES, SON TRUC !
ET IL EST EN TRAIN DE S'EFFONDRER !!
LA FERME ! C'EST... EUH...
UN MASSAGE !!
HEIN ?!
DE QUOI...
TU PARLES ...

VLAF
ぐったり
TAKANASHI ?!
EH ! ÇA VA ?!
ゆさゆさ
SST SST
AH... AH...
TU VOIS...
IL VA MAL...
KAWAKAMI...
CE... C'EST PAS ÇA.
DEPUIS TOUT À L'HEURE...
HUM...
C'EST...
À CHAQUE FOIS QUE LES MAINS D'ITÔ REMUENT UN PEU...

C'EST TROP AGRÉABLE ...
HEIN ?

BABOM
BABOM
C'EST AGRÉABLE AU POINT DE TOMBER DANS LES POMMES ?
QUEL ÉROTISME !
N... N...
NON !!
AH !
...
...
QUELLE IDIOTE ! DIRE ÇA DANS UN MOMENT PAREIL !
EN FAIT...
J'AI DIT ÇA SANS RÉFLÉCHIR...
ITÔ DOIT ÊTRE VEXÉ QUE J'AIE PRIS DU PLAISIR TOUTE SEULE.
ALORS...

C'EST MIGNON !

HEIN ?
JE DISAIS QUE C'ÉTAIT MIGNON !
AH... MA POITRINE N'EST PAS BIZARRE ?
ENFIN, C'EST PLUTÔT MOI QUI SUIS BIZARRE...
J'EN AI DES PALPITATIONS !
POURQUOI ?
AU CONTRAIRE ...

LA PROCHAINE FOIS, JE FERAI ÇA PLUS DOUCEMENT !
ぎゅっ…
KYUUU
HAA
PRÉPARE-TOI !
AOUH
ぱたんっ
PLAF
TAKA-NASHI ?!
PAS BESOIN D'AVOIR CONFIANCE EN MOI.

ITÔ M'ACCEPTE TELLE QUE JE SUIS.
EN ÇA...
JE PEUX AVOIR TOUTE CONFIANCE...
EH, DIS...
PUISQUE TU AS L'AIR D'AVOIR UNE TECHNIQUE INCROYABLE... TU PEUX ME FAIRE DES MASSAGES, À MOI AUSSI ?
SOIS DOUX !
HORS DE QUESTION ...

BONSOIR; ITÔ !
SSS ジーッ
COMMENT S'EST PASSÉ LE SPORT ? TU N'ES PAS TROP FATIGUÉ ?
NON...
AU CONTRAIRE, JE SUIS EN PLEINE FORME !

ET TOI ? LA REPRISE DES COURS N'A PAS ÉTÉ TROP DURE ?
N... NON...
JE NE SUIS PAS FATIGUÉE.
TU AS FAIT TES DEVOIRS ?
OUI.
JE ME SUIS DÉPÊCHÉE !
TU T'ES LAVÉE LES DENTS ?
OUI.
ÉVIDEMMENT !
TU AS PRIS UNE DOUCHE ?
HM...
BIEN SÛR !
ALORS ...

JE VAIS ME LAVER AUSSI.
OUI...
À TOUT DE SUITE !
TCHAC
ITÔ VA REVENIR DE LA SALLE DE BAINS...
OUI...
TCHAC
ET ENSUITE...

HAA
LA DERNIÈRE FOIS, ON S'EST RETROUVÉS COMME ÇA...
!
J'Y VAIS, MOMOKO.
HM !
AH...
ALORS CE SOIR, C'EST SÛR...
ON NE VA PLUS FAIRE QU'UN...
HAAN...

...
POURQUOI IL DORT ?
SSS
JE COMPRENDS QU'IL SOIT FATIGUÉ PAR LE SPORT, MAIS...
IL Y A POURTANT UNE FILLE, JUSTE À CÔTÉ DE LUI, QUI N'ATTEND QU'UNE CHOSE...
JE NE SUIS DONC PAS ASSEZ ATTIRANTE ?
...

...
PEUT-ÊTRE BIEN...
QUE JE NE SUIS PAS EXCITANTE ...
INTERNAT POUR GARÇONS

AAH, J'AI BIEN DORMI !
FWAAA
OÙ EST PASSÉE TAKANASHI ?
ELLE M'A POURTANT BIEN DIT QU'ELLE N'AVAIT PAS COURS.
YO ! T'ES LIBRE, AUJOURD'HUI ?
GH ! C'EST TOI ? AH NON, TOI, PAS QUESTION !
QUOI DONC ?
EH BAH... ON FAIT UNE SOIRÉE SPÉCIALE CÉLIBATAIRES, MAIS SI TU VIENS, TU VAS TOUTES NOUS LES PIQUER !
UNE SOIRÉE SPÉCIALE CÉLIBATAIRES ? ÇA M'INTÉRESSE PAS !
HEIN ? AH BON ?
MAIS POURQUOI ?
TANT MIEUX !

PARCE QUE JE SORS DÉJÀ AVEC QUELQU'UN.
HEIN ?! C'EST VRAI ?! MAIS JE T'AI JAMAIS VU AVEC UNE FILLE !
...
HÉ HÉ
OUAAH ! TA COPINE DOIT ÊTRE SUPER MIGNONNE !
TU ME MONTRERAS UNE PHOTO ?
UNE PHOTO ...
J'EN AI PAS ...
ENFIN, JE PEUX PAS LA MONTRER.

AH BON ? À TA PLACE, JE LA MONTRERAIS À TOUT LE MONDE !
ELLE EST COMMENT ?
HEIN ? EH BAH... ELLE A UN PEU UN LOOK À LA GARÇONNE ...
ACTUELLEMENT...
VOUS L'AVEZ DÉJÀ FAIT ?
PAS ENCORE.
SÉRIEUX ?!
ELLE PARLE COMME UN MEC ? ET ELLE MET TOUT LE TEMPS DES PANTALONS ?
...
QUOI ?!
OUI...
LA FERME !
C'EST SÛR QU'UN GARÇON MANQUÉ, C'EST PAS SUPER EXCITANT !
ET ALORS ?!
C'EST PAS ÇA !
SIMPLEMENT...

ON EST TOUJOURS ENSEMBLE, ALORS JE NE SUIS PAS PRESSÉ...
DIS, AKIRA...
UN T-SHIRT AVEC UN SHORT, C'EST PAS TRÈS ATTIRANT, HEIN ?
M... MAIS SI, VOYONS !
NON ! IL S'EST ENDORMI SANS MÊME ME JETER UN SEUL REGARD !
JE VOUDRAIS PORTER DES VÊTEMENTS SEXY...
POUR QU'ITÔ ME REGARDE DIFFÉREMMENT, MAIS JE NE ME SENS PAS À L'AISE.
EUH...
ET POURQUOI TU M'AS APPELÉ ?

JE PENSAIS QUE TU POURRAIS ME PRENDRE EN PHOTO...
UNE PHOTO ?
OK, CHEESE !
SHCLIC
...
MAIS NON !! PAS DANS CETTE TENUE !!
HEIN ? COMMENT, ALORS ?
JOLIE ...
JE VAIS ME CHANGER. PRENDS-MOI AVEC DE BEAUX VÊTEMENTS !
D'AC-CORD.
SEXY...
SHCLIC
SHCLIC
SHCLIC
ET EXCITANTE ...
À PLUS, MOMOKO !
TAP
TAP
MERCI, AKIRA !

...
CE GENRE DE PHOTO...
ÇA TE VA COMME ÇA ?
IL M'A PRISE EN PHOTO DANS DES TENUES À LA MODE, MAIS...
COMME JE NE SUIS PAS HABITUÉE À PORTER CE GENRE DE VÊTEMENTS...
EST-CE QUE ÇA LUI FERA QUELQUE CHOSE DE ME VOIR COMME ÇA ?
JE VAIS L'ACCROCHER AU BUREAU D'ITÔ ET JE VERRAI BIEN SA RÉACTION...
OOH !
...

IMPOSSIBLE DE RIVALISER...
AVOIR L'HABITUDE DE PORTER CE GENRE DE TENUE, ÇA FAIT TOUTE LA DIFFÉRENCE !
MÊME SA DÉMARCHE EST DIFFÉRENTE...
HM...
HAAA
BLAM
OUAH !!
AH... DÉSOLÉ.
C'EST TOI, TAKANASHI ?
MES PHOTOS !
AUCUNE FILLE N'A VOULU DE MOI, À LA SOIRÉE SPÉCIALE CÉLIBATAIRES, ALORS...
TU M'ÉCOUTES ?
JE DOIS ME DÉPÊCHER DE LES RAMASSER !!
QU'EST-CE QUE TU FAIS... HM ?
AH !

NON !
ELLE EST MIGNONNE !
...
HM ?
E... ELLE EST "MIGNONN ?
OUAIS ! C'EST QUI, CETTE FILLE ?
TIENS ? ELLE TE RESSEMBLE VACHEMENT, EN FAIT !
GLUP
MINCE !!
C... C'EST MA COUSINE !! C'EST POUR ÇA QU'ON SE RESSEMBLE !
TA COUSINE ?
HUM
BABOM BABOM

HÉ HÉ
T'AS DE LA CHANCE D'AVOIR UNE JOLIE COUSINE COMME ÇA !
A... AH BON ?
OUF!
ELLE EST MOINS JOLIE EN VRAI. ELLE FAIT UN PEU GARÇON MANQUÉ.
... MAIS ...
MÊME SON PETIT AMI N'A PAS ENVIE D'ELLE.
IL SE CONTENTE DE LUI TOUCHER LES SEINS...
T'AS QU'À ME LA PRÉSENTER, POUR QUE JE ME FASSE MA PROPRE IDÉE !
SI TU VEUX, MAIS...
...

TE LA PRÉSENTER ?!
C'EST HORS DE QUESTION !!
ALLEZ ! JE VEUX JUSTE LA RENCONTRER, RIEN DE PLUS !!
JE TE DIS QUE C'EST PAS POSSIBLE ...
...
UNE MINUTE !
C'EST PEUT-ÊTRE L'OCCASION OU JAMAIS DE M'ASSURER DE MA FÉMINITÉ.
SI JE PLAIS À MACHIDA...
JE SERAI FIXÉE !!
BON, ALORS... JUSTE UNE RENCONTRE !
PAS QUESTION D'ESSAYER DE SORTIR AVEC ELLE !
OK ! OK ! ÇA ME VA !!

ALORS À DEMAIN ! JE T'APPELLERAI !
OUAIS, À DEMAIN !
C'ÉTAIT MACHIDA ?
GLUP
DE QUOI VOUS PARLIEZ ?
EUH ...
MACHIDA VOULAIT QUE JE LUI PRÉSENTE UNE FILLE ...
"UNE FILLE" ?
OUI. MAIS J'AI DES CHOSES À FAIRE, ALORS JE LUI AI DIT QUE JE VERRAIS ÇA PLUS TARD !
AH ?
BON, J'AI DES TRUCS À FAIRE !
TAP TA TA
ATTENDS UN PEU ! C'EST QUOI, C'TRUC IMPORTANT ?!
EH !!

JE COMPRENDS RIEN DU TOUT !
YO ! T'AS L'AIR OCCUPÉ, SAEKI !
ET TOI, T'AS L'AIR D'AVOIR DU TEMPS LIBRE !
DÉSOLÉ MAIS AUJOURD'HUI, JE PEUX PAS M'OCCUPER DE TOI !
MON FRÈRE VA BIENTÔT RENTRER DE L'ÉTRANGER.
J'Y VAIS.
TON FRÈRE ?
T'EN AS UN ?
C'EST LE FUTUR DIRECTEUR DE CETTE ÉCOLE.
...
TU TOMBES BIEN. JE DOIS TE PRÉVE-NIR.
MON FRÈRE EST QUELQU'UN DE TRÈS SÉVÈRE.
ALORS, TIENS-TOI À CARREAUX !

JE DIS ÇA, C'EST SURTOUT POUR TAKANASHI.
N'ALLEZ PAS VOUS ATTIRER D'ENNUIS !

C'EST UN CONSEIL D'AMI.
FAITES ATTENTION !
TAP
...
LE DIRECTEUR ?
DEMAIN, JE METS EN JEU MA CONFIANCE EN MOI.
ALLEZ ! J'IRAI DANS CETTE TENUE !

MAIS C'EST PEUT-ÊTRE UN PEU TROP OSÉ ?
JE NE PEUX PAS VIVRE COMME UNE FILLE NORMALE...
NE PAS FUMER
MAIS NON ! MAINTENANT, TOUTES LES FILLES METTENT CE GENRE DE CHOSES !
COURAGE !
MAIS QUAND JE NE FAIS PAS D'EFFORTS, JE SUIS STRESSÉE...
TRÈS STRESSÉE...
B...
3F

BONJOUR !
JE SUIS LA COUSINE D'AKIRA. EUH... MOMOE.
HAA
EN... ENCHANTÉ.
IL ME REGARDE.
J'AI L'IMPRESSION QUE ÇA LUI FAIT DE L'EFFET.
SUPER ! MAINTENANT, JE VAIS TRAVAILLER MA DÉMARCHE !
NI
SI ON PARLAIT EN MARCHANT ?
OK !
FUU
FUU
...
IL SAIGNE DU NEZ...
JE LUI PLAIS...
JE PLAIS AUX GARÇONS !!
OÙ EST-CE QU'ELLE EST PASSÉE ?!

GRRR
JE LUI AVAIS DIT QUE J'AVAIS PAS COURS... QU'EST-CE QU'ELLE FABRIQUE, CETTE IDIOTE ?!
OH ! ITÔ, REGARDE !
HEIN ?
C'EST UNE PHOTO DE LA COPINE DE MACHIDA !
IL A FAIT DES COPIES ET EN A DISTRIBUÉ À TOUT LE MONDE !
QUEL CRÂNEUR...
AH, C'EST ÇA...
...
ELLE EST PLUTÔT MIGNONNE ! IL PARAÎT QUE C'EST LA COUSINE DE TAKANASHI.
ELLE EST TROP BIEN POUR MACHIDA !
C'EST CLAIR !
...

BAM
FAITES-MOI VOIR !!
BRRR
ÇA, SA COUSINE ? MAIS C'EST TAKANASHI !!
IL AVAIT RENCART AVEC ELLE, AUJOURD'HUI.
IL M'A DIT TOUS LES ENDROITS OÙ IL COMPTAIT ALLER.
IL AVAIT L'AIR D'AVOIR LA PÊCHE !
JE L'AI SENTI BIEN DÉCIDÉ À CONCLURE !
...

DITES-MOI OÙ IL EST !
QU'EST-CE QU'IL Y A ? T'ES FLIPPANT, LÀ !
HAA...
ALLEZ ! MAGNEZ-VOUS DE ME LE DIRE !!
HIII !!
EUH...

À LOUER
JE VAIS DEVOIR RENTRER...
HEIN ? DÉJÀ ?
IL N'Y A PAS GRAND CHOSE D'AUTRE À FAIRE DANS LE COIN.
JE SUIS FATIGUÉE.
ET PUIS...
J'HABITE LOIN, TU SAIS.
ALORS PLUS QU'UN ENDROIT ! J'AIMERAIS VRAIMENT QU'ON Y AILLE TOUS LES DEUX !
JE VEUX VITE MONTRER MON NOUVEAU MOI À ITÔ !
HÉ HÉ
OK, MAIS ON FAIT VITE, ALORS.
NTRÉE
T'INQUIÈTE ! ON Y EST DÉJÀ !
C'EST ICI !
AH...
...

HEIN ?
UN LOVE HOTEL ?!
LOVE HOTEL
TCHAC
HIII
ON Y VA ?
EH ! J'AI JAMAIS DIT QUE JE VOULAIS ENTRER !
COMMENT ÇA ?

TU VAS PAS ME DIRE QU'AVEC DE TELLES FRINGUES...
T'EN AS PAS ENVIE ?
C...
C'EST...
C'EST POUR ITÔ...
ALLEZ, ENTRONS ET LAISSONS-NOUS ALLER !
MAIS...
HIII !
STAY
LOVE
HÔTEL
TCHAC

COMME SI JE POUVAIS ME LAISSER ALLER AVEC UN GARÇON QUE JE N'AIME MÊME PAS !!
ARRÊTE !!
J'AI DÉJÀ UN PETIT AMI !!
JE VEUX PAS LE SAVOIR !! FALLAIT PAS M'EXCITER À M'EN DONNER LA <BIIIP> !!
ÇA NON PLUS, JE VEUX PAS LE SAVOIR !!
HAA HAA
HAA
HÉHÉHÉ ! JE VAIS TE DONNER DU PLAIS...
...

QU'EST-CE QUE...

TU...
FAIS ?
AH...
BLAM
HEIN ?
UNE DISPUTE ?
TSS...

JE VOULAIS JUSTE TE DÉTENDRE UN PEU !
ITÔ...
OUF...
J...
J'AI EU SI PEUR ! IL VOULAIT M'EMMENER DE FORCE LÀ-DEDANS !
...
TU L'AS UN PEU CHERCHÉ, NON ?
HEIN ?

JE SAIS PAS CE QUI T'EST PASSÉ PAR LA TÊTE, MAIS COMMENT VEUX-TU QU'IL NE SE FASSE PAS D'IDÉE SI TU T'HABILLES COMME ÇA !
IDIOTE !
TCHAC
FAIS MARCHER TA TÊTE, UN PETIT PEU !
C'EST TOI, L'IDIOT !
HOTEL LOVE
HEIN ?

OUI, JE SUIS IDIOTE ET J'AI DES INQUIÉTUDES D'IDIOTE !
JE VIS AU MILIEU DES GARÇONS ET JE NE PEUX JAMAIS ÊTRE FÉMININE.
J'AI PENSÉ QUE ÇA NE TE PLAISAIT PEUT-ÊTRE PAS !
ALORS JE VOULAIS FAIRE UN EFFORT !
...

ALORS DÉPÊCHE-TOI D'ENFILER CETTE VESTE !
CE GENRE D'EFFORT EST INUTILE !
"INUTILE" ? QU'EST-CE QUE TU VEUX DIRE ?
ÇA VEUT DIRE QUE...
EST-CE QUE...
ぽた PLOC
ぽた PLIC
P...

PAS QUESTION QUE JE METTE CE TRUC !!
QUOI QUE JE FASSE, ÇA NE SERVIRA À RIEN ?!
PAF
QU'EST-CE QUI TE PREND ?!
SI JE T'EXCITE PAS, DIS-LE FRANCHEMENT !
T'AS QU'À TE TROUVER QUELQU'UN QUI T'EXCITE !
UN DISPUTE !
"M'EXCITER" ?
ARRÊTE ! C'EST LA HONTE...
C'EST AUSSI BIEN !

TU VAS ME LAISSER PARLER, OUI ?
GRR
TAIS-TOI !!
GLUP
HEIN ?
IL VA ME FRAPPER ?!
DASH
COMME ÇA, JE N'AURAI PLUS À ME BANDER LA POITRINE ET JE SERAI ENFIN LIBRE ! BYE BYE !!

APPAREMMENT, TU NE ME CONNAIS PAS ENCORE BIEN.
TON APPARENCE N'A AUCUNE IMPORTANCE.
C'EST TOI QUE JE REGARDE.
MAIS...
...
PUISQUE TU T'INQUIÈTES TOUT DE MÊME...

ON Y VA !
HEIN ?
OÙ ÇA ?
SAUTER LE PAS !
"SAUTER LE PAS" ?
IL NE PENSE TOUT DE MÊME PAS...
V...

VOYONS... JE NE SUIS PAS PRÊTE...
KSS
TU AS PEUR, C'EST ÇA ?
DOMMAGE POUR TOI !
BADOM
AH...
ICHAC

TU NE PEUX-PLUS RECULER !
INTERNAT POUR GARÇONS TORIBAYASHI
POURQUOI ITÔ S'EST FÂCHÉ COMME ÇA, EN VOYANT LA PHOTO ?
IL S'EST BARRÉ SANS PRÉVENIR...
VA SAVOIR !
ON A RAMASSÉ TOUTES LES PHOTOS ?
SI QUELQU'UN LES TROUVE, ON VA SÛREMENT AVOIR DES PROBLÈMES !

TU ÉTAIS LÀ ? ÇA TOMBE BIEN, JE TE CHERCHAIS !
ÇA FAISAIT LONGTEMPS !
JE ME PROMENAIS DANS L'INTERNAT ...
POUR VOIR SI LA DISCIPLINE ÉTAIT BIEN RESPECTÉE ...
TU N'AS PAS CHANGÉ.
TOUT LE MONDE T'ATTEND !
MONSIEUR LE DIRECTEUR !
...

N...
BABOM
HUM...
BABOM
NOUS Y VOILÀ...
BABOM...
...

EUH...
DOM
DANS UNE PIÈCE OÙ IL N'Y A QU'UN SEUL GRAND LIT !!
ET... ET MAINTENANT, QU'EST-CE QUE JE DOIS FAIRE ?
JE SUIS TELLEMENT NERVEUSE QUE J'EN AI LES MAINS QUI TREMBLENT.
JE VOUDRAIS M'ÉCHAPPER.
...SSSSS
JE DOIS GAGNER DU TEMPS ET, SURTOUT, ME CALMER...
OU... OUAAH ! CE LIT EST UN KING SIZE !
AH ! JE VAIS ALLER VOIR LÀ-BAS ...

NE
T'ENFUIS
PAS !
BABOM

あ…
JE TE L'AI DIT !
TU NE PEUX PLUS RECULER ...
...

DIS, ITÔ...
QUOI ?

EST-CE QUE…
JE RESSEMBLE VRAIMENT À UNE FILLE ?
ÉVIDEMMENT !
GSH

AUCUN GARÇON N'AURAIT UN AUSSI JOLI CORPS !
TU ES BELLE...

C'EST VRAI ?
OUI...
J'AIMERAIS QUE TU RESTES COMME ÇA...
ÇA Y EST...
NOUS ALLONS ENFIN...

TILULIT
TILULIT
TILULIT
HEIN ?! ALORS QUE J'ÉTAIS ENFIN PRÊTE !!
TILULILI
TILULILULIT
TSS !
A... ATTENDS UNE SECONDE.
ALLÔ ?
AH ! SAEKI ?
OUI... HEIN ?
AAH... D'ACCORD.

QU'EST-CE QU'IL Y A ?
ピコッ
BIP
ITÔ, ON DOIT RENTRER.
HEIN ?
LE DIRECTEUR A DEMANDÉ À CE QUE TOUS LES ÉLÈVES SE RÉUNISSENT.
SI ON N'Y VA PAS, ON SERA RENVOYÉS.
QU'EST-CE QUI SE PASSE ?
C'EST LA PREMIÈRE FOIS QUE ÇA ARRIVE.

LE DIRECTEUR ...
ÇA VA, MA TENUE ?
OUI.
ET MES CHEVEUX ?
OK.
J'ESPÈRE QU'IL N'Y A AUCUN PROBLÈME ! ALLEZ, DÉPÊCHE-TOI !
OUI.
HAA
AH...
BLAM
YAAH !!

AÏE...
ÇA VA ?
DÉSOLÉ.
VOUS ÊTES SÛREMENT LES RETAR-DATAIRES ?
JE SUIS LE NOUVEAU DIRECTEUR, KENICHI SAEKI.
EXCUSEZ-MOI DE VOUS AVOIR FAIT VENIR. VOUS ÉTIEZ SORTIS ?

JE VIENS D'ENTRER EN FONCTION, ALORS J'AIMERAIS M'ENTRETENIR AVEC TOUS LES ÉLÈVES.
AH... CE N'EST RIEN.
QUELQUE CHOSE NE VA PAS ?
...
HUM
EH BIEN...
CE SONT TES MANIÈRES, ET TA FAÇON DE CRIER DE TOUT À L'HEURE...
JE TE TROUVE UN PEU EFFÉMINÉ.
...
J'AI COMME UNE IMPRESSION ÉTRANGE, QUAND JE TE VOIS...
GLUP !!
HAHAHA !
VOYONS... PAS DU TOUT...
C'EST VRAI !

SA MÈRE A TOUJOURS VOULU UNE FILLE ET L'A ÉLEVÉ COMME S'IL EN ÉTAIT UNE ! C'EST POUR ÇA QU'IL EST UN PEU BIZARRE…
HEIN ?!
HEIN ? AH, OUI ! MA MÈRE ADORE LES RUBANS !
TU DOIS ÊTRE PLUS VIRIL !!
OU… OUI !
…
BON…
FAIS EN SORTE DE TE COMPORTER EN HOMME.
MERCI, CE SERA TOUT.
OUI !

QUOI ? C'EST TOUT ? IL N'Y AVAIT PAS DE QUOI ÊTRE SI NERVEUX !
...
IL NOUS A RELÂCHÉS BIEN VITE POUR QUELQU'UN QUI NOUS A CONVOQUÉS EXPRESSÉMENT ...
AAH, TANT MIEUX !
ÇA VA ! ÇA VA ! Y, A PAS À S'EN FAIRE !
OUF !
AU SUJET DE CE TAKANASHI ...
JE VAIS POUVOIR RESTER AVEC ITÔ SANS ME FAIRE DE SOUCI !

EST-CE QUE LES ÉTUDIANTS D'AUJOURD'HUI METTENT TOUS DU ROUGE À LÈVRES ?
HEIN ?
IL Y A UN PROBLÈME ?
RENSEIGNEZ-VOUS D'URGENCE.
SUR LA TACHE QUE M'A FAITE CET ÉLÈVE...
ET SUR LA PHOTO DE CETTE FILLE, QUI LUI RESSEMBLE ÉTRANGEMENT ...

LA COULEUR DU ROUGE À LÈVRES EST IDENTIQUE, NON ?
DIS, ITÔ...
HM...
TCHAC
TCHAC
ITÔ !
QUOI ? JE SUIS EN TRAIN DE RÉFLÉ-CHIR...
HM !

HM !
OUI ! ON DOIT ARRÊTER DE FLIRTER PENDANT QUELQUE TEMPS.
HM !
SMACK
チュ
SUR LE FRONT ?
PFF...
...

HEIN ?! POURQUOI ?!
AH !
JE NE TE PLAIS PAS, C'EST ÇA ?
T'ES ENCORE BLOQUÉE LÀ-DESSUS ?
MAIS NON...
J'AI L'IMPRESSION QUE LE NOUVEAU DIRECTEUR SE DOUTE DE QUELQUE CHOSE... ÇA M'INQUIÈTE.
ON FERAIT MIEUX D'ÊTRE PRUDENTS PENDANT UN PETIT MOMENT.
PFF...
QUOI ? TU AS ENVIE DE MOI À CE POINT-LÀ ?
NYARK
BABOM

BABOM
NON... EUH...
POUR TOI, JE VEUX BIEN DEVENIR COMME ÇA !
...
AH !
EH BIEN ! JE SAVAIS PAS QUE T'ÉTAIS AUSSI OBSÉDÉE !
ÇA L'INTÉRESSE ?!
AH, NON...
EUH...
HM ?
C'EST QUE...
HAAAA
PFF !

T'ES TROP NAÏVE !
TU SAIS... JE SUIS BIEN AVEC TOI.
M...
MOI AUSSI !
MAIS ...
EN TE VOYANT DANS CETTE TENUE, AUJOURD'HUI ...

J'AI TROUVÉ QUE ÇA T'ALLAIT MIEUX QUE CE QUE TU PORTES AU QUOTIDIEN …
HEIN ?
ALORS, SI JAMAIS TU EN AVAIS L'OCCASION, CE SERAIT PEUT-ÊTRE MIEUX QUE TU RETROUVES UNE EXISTENCE UN PEU PLUS NORMALE…
DE FILLE…
J…
…
GHH
JE VEUX PAS !

JE VEUX RESTER AVEC TOI !
C'EST VRAI QUE J'AI ENVIE QU'ON FASSE L'AMOUR, MAIS...
POUR MOI, C'EST DEVENU NATUREL DE VIVRE ICI, ALORS NOUS SÉPARER MAINTENANT...
JE NE VEUX PAS !
AVANT TOUT...
VIVRE AVEC ITÔ À L'INTERNAT...
EXCUSE-MOI...

C'EST JUSTE !...
QUE JE ME SUIS DIT QUE CE SERAIT BIEN...
DE POUVOIR SORTIR ENSEMBLE OUVERTEMENT.
EST CE QUI ME REND LA PLUS HEUREUSE.
BONJOUR !
EH BIEN ! VOUS ÊTES EN FORME, CE MATIN !
TAP TAP
OUI ! J'AI REDÉCOUVERT LE BONHEUR D'ÊTRE DANS CETTE ÉCOLE.
MERCI À TOUS ! MERCI, PROFESSEUR !
AH ?
MAIS DITES-MOI, VOUS N'AVIEZ PAS PASSÉ L'EXAMEN MÉDICAL, JE ME TROMPE ?
KSH
がさがさ
HEIN ?

VOICI UN PAPIER QUI VOUS Y RECONVOQUE.
...
C'EST PAS BON, ÇA...
A AKIRA TAKANASHI
A PERSONNE MENTIONNÉE CI-DESSUS
RA SE PRÉSENTER AVANT LE
RMERIE AFIN DE PASSER
EXAMEN MÉDICAL
ILS ONT DÛ S'APERCEVOIR QUE TU AS SAUTÉ LA PREMIÈRE VISITE...
SAEKI, EST-CE QUE TU PEUX FAIRE QUELQUE CHOSE ?
JE SUIS DÉSOLÉ, MAIS CETTE FOIS...
C'EST UN ORDRE DU DIREC-TEUR...
ITÔ...

ON DIRAIT BIEN QUE C'EST LA FIN…
HEIN…
ALORS…
ÇA VEUT DIRE QUE JE VAIS DEVOIR PARTIR D'ICI ?!
CALMEZ-VOUS, TOUS LES DEUX !
IL A DES SOUPÇONS SUR TOI !
C'EST TROP RISQUÉ DE MENTIR ENCORE UNE FOIS !
ET ÇA DEVAIT BIEN ARRIVER TÔT OU TARD.
POUR L'INSTANT, IL EST ENCORE TEMPS.
J…

JE VEUX PAS, JE TE DIS !!
DASH
TAKA-NASHI !!
EH !
TU ES SÛR QUE C'EST CE QUE TU VEUX ?!
OUIIN !
DE TOUTE FAÇON, DÈS QU'ELLE AURA PASSÉ L'EXAMEN, IL N'Y AURA PLUS RIEN À FAIRE.
ALORS MIEUX VAUT QUITTER L'ÉCOLE AVANT QU'ILS NE DÉCOUVRENT LA VÉRITÉ.
MAIS À QUOI TU PENSES ?
TU N'AS PAS ENVIE DE RESTER AVEC ELLE ?
BIEN SÛR QUE J'AI ENVIE DE RESTER AVEC ELLE...
MAIS ...
GHH

J'AI AUSSI ENVIE QU'ELLE REPRENNE UNE VIE DE FILLE NORMALE.
EN VIVANT NORMALEMENT, ELLE DEVIENDRAIT ENCORE PLUS BELLE...
ALORS QUE SI ELLE RESTE ICI, J'AI L'IMPRESSION QUE CE SERAIT DU GÂCHIS.
LORSQU'ON S'EST CONNUS, C'ÉTAIT ENCORE UNE GAMINE, MAIS ELLE CHANGE DE PLUS EN PLUS.
ITÔ...
ALORS ...
JE ME DIS QUE CETTE FOIS...

CLASSE 1-A
SSS
C'EST PEUT-ÊTRE L'OCCASION ...
TAP
TAP
IL N'EN EST PAS QUESTION !
S'ILS DÉCOUVRENT QUE JE SUIS UNE FILLE, JE SERAI RENVOYÉE DE L'ÉCOLE.
JE ME DÉBROUILLERAI POUR PASSER CET EXAMEN MÉDICAL !
JE DOIS FAIRE QUELQUE CHOSE...
EN M'ENROULANT AVEC DU CELLOPHANE, ÇA PASSERAIT PEUT-ÊTRE ?
HUM HUM
T'EN FAIS UNE TÊTE ! QU'EST-CE QUE T'AS À RUMINER ?
KAWA-KAMI...
T'AS DES SOUCIS ?
NON, C'EST RIEN. SALUT !
JE PEUX PAS LE DIRE À KAWA-KAMI...
AH ...

TU SAIS...
SI T'AS DES ENNUIS, TU PEUX M'EN PARLER !
HEIN ?
JE PEUX PEUT-ÊTRE PAS ÊTRE TON PETIT AMI, MAIS...
J'AI PAS DIS MON DERNIER MOT !
POUR MOI, T'ES UN AMI, ALORS...
KAWAKAMI...
J'AIMERAIS QU'IL N'Y AIT PAS DE CACHOTTERIE ENTRE NOUS.
D'ACCORD ?
IL S'INQUIÈTE POUR MOI...
HAA
DES "CACHOTTERIES" ?
HM...

D'ACCORD, MERCI !
PARDON, KAWAKAMI ...
JE SUIS VRAIMENT DÉSOLÉE...
TU ES AMI AVEC LUI ?
VOUS AVEZ L'AIR DE BIEN VOUS ENTENDRE...
M. LE DIREC-TEUR...
LE NOUVEAU...
OUI ! NOUS SOMMES AMIS. NOUS PARTAGEONS LE MÊME SECRET.
COMME QUOI ON EST GAYS...
JE VOIS...
MAIS IL SE POURRAIT QU'IL NE S'INVESTISSE PAS AUTANT QUE TOI DANS VOTRE AMITIÉ.
HEIN ?
KH...

IL SEMBLERAIT QUE TU TE SOIS FAIT AVOIR !
HEIN ?
TU N'AS QU'À VÉRIFIER !
DE TES PROPRES YEUX...
QU'EST-CE QU'IL RACONTE ?
HEIN ?

TAKANASHI EST ALLÉ À L'INFIRMERIE ?!
OUI.
IL ARRÊTAIT PAS DE RIGOLER EN DISANT QU'AUJOURD'HUI, IL AVAIT UN EXAMEN MÉDICAL !
HEIN ?
OUAIS.
OÙ IL VA ?
DASH
JUSTEMENT, JE TROUVAIS ÇA BIZARRE DE NE PAS L'AVOIR VUE CE MATIN... MAIS QU'EST-CE QUI LUI A PRIS ?!
ELLE S'EST ENROULÉE DANS DU CELLOPHANE ?
ELLE N'ESPÈRE TOUT DE MÊME PAS LES DUPER AVEC UN CORPS PAREIL !
EST-CE QU'ELLE A CONSCIENCE DE ÇA ?
INFIRMERIE
QUOI QUE TU FASSES ...
TAC

VLAM
TU ES UNE FILLE !!
CRITÈRES DE SANTÉ
QU'Y A-T-IL ? JE SUIS OCCUPÉ !
AH, EUH...
...
AH...

AH ?!
C'EST SON IMBÉCILE DE FRÈRE !
SALUT !
?
HEIN ?
QU'EST-CE QUE TU FICHES ICI ?
HEIN ? T'ES PAS AU COURANT ? C'EST MOMOKO QUI ME L'A DEMANDÉ.
ON A FAIT L'ÉCHANGE DANS LES VESTIAIRES.
PERSONNE N'A RIEN REMARQUÉ !
C'EST SYMPA DE VENIR À L'ÉCOLE, DE TEMPS EN TEMPS !
HAHA !
HM ?
DÉPÊCHEZ-VOUS !
ぽつん…
POF

IL EN MET DU TEMPS !
HUM
HUM
S'IL NE SE DÉPÊCHE PAS, LE COURS DE SPORT VA COMMENCER ET TOUT LE MONDE VA ARRIVER.
S'ILS S'APERÇOIVENT QU'IL Y A DEUX TAKANASHI...
POURQUOI ILS SONT DEUX ?
Y A UN USURPATEUR, VOUS PENSEZ ?
HAA
AAH, S'IL TE PLAÎT ! DÉPÊCHE-TOI DE REVENIR !
T-CHAC
ガチャ
GLUP

TAP
TAP
TAP
CE N'EST PAS MON FRÈRE.
IL ÉTAIT EN BASKETS.
JE VOUS EN PRIE ! FAITES QU'IL NE ME VOIE PAS...
CLAC
HII !!
HEIN ?

MINCE…
QU'EST-CE QUE TU FAIS LÀ ?
TU ÉTAIS À L'INFIRMERIE À L'INSTANT…
QU'EST-CE QUE ÇA VEUT DIRE ?!
TOUT EST FICHU…
MAIS…
MAIS…
S…

S'IL VOUS PLAÎT !! FAÎTES COMME SI VOUS N'AVIEZ RIEN VU !!
HOP
J'AI DE BONNES RAISONS ...
ET... J'AIMERAIS RESTER ENCORE DANS CETTE ÉCOLE !

À VRAI DIRE, IL Y A UNE PERSONNE QUE J'AIME ICI, ET...
JE SAIS QUE C'EST ÉGOÏSTE MAIS...
J'AI TRÈS PEUR D'ÊTRE SÉPARÉE DE LUI...
SEIGNEUR...
ALORS...
ALORS...
FAITES QUE JE ME SORTE DE CETTE SITUATION ...
...
TU CROIS POUVOIR T'EN SORTIR EN PLEURNICHANT COMME ÇA ?
HEIN ?

IDIOTE...

JE SUIS AVEC TOI.
TU N'AS RIEN À CRAINDRE !
JE SAIS QU'UN JOUR...
MAIS...
JE DEVRAI PARTIR D'ICI.

NE PLEURE PAS...
C'EST ICI QUE JE ME SENS LE MIEUX...
JE TE REMERCIE D'ÊTRE VENU. JE T'EN PRIE, ENTRE.
SALLE DU DIRECTEUR
ALORS...
JE VOUS EN PRIE...
JE NE LUI PARDONNERAI JAMAIS DE M'AVOIR MENTI...
IL SE FICHE DE MOI DEPUIS LE DÉBUT...
MON PAUVRE.
MAIS QU'AS-TU VU, AU JUSTE ?
JE M'IN-QUIÉTAIS POUR LUI.
ALORS ...

ALORS ...
JE L'AI OBSERVÉ DANS LES VESTIAIRES ...
ET LÀ...
...
PERMETTEZ-MOI DE RESTER ICI...
ENCORE UN PEU...
IL Y AVAIT DEUX TAKANASHI !

Secret girl

Secret girl

J'AI TOUT VU.
DANS LES VESTIAIRES, IL Y AVAIT DEUX TAKANASHI !
ILS SE SONT CHANGÉS ET ONT INVERSÉ LES RÔLES.
IL SE FICHE DE MOI DEPUIS LE DÉBUT...

TAC
AS-TU DÉJÀ RÉFLÉCHI À LA RAISON POUR LAQUELLE ILS ONT INVERSÉ LES RÔLES ?
HEIN ?
POURQUOI ILS ONT INVERSÉ LES RÔLES POUR L'EXAMEN MÉDICAL...
C'EST PARCE QU'EN FAIT, L'AKIRA TAKANASHI QUE TU APPRÉCIAIS N'ÉTAIT PEUT-ÊTRE, EN RÉALITÉ, QUE SA SŒUR JUMELLE.
HEIN ?

MAIS..
TOUT ÇA...
EST ENCORE SECRET...
MERCI POUR AUJOURD'HUI, AKIRA !
TU M'AS SAUVÉE, POUR L'EXAMEN MÉDICAL !
DE RIEN ! JE POUVAIS BIEN FAIRE ÇA POUR TOI !
ET PUIS... CETTE ÉCOLE... N'EST PAS SI MAL...
HAHA !
HEIN ?
À VRAI DIRE...

JE SUIS ASSISTANT PHOTOGRAPHE, MAIS...
PERSONNE N'ÉCOUTE JAMAIS MON AVIS...
FINALEMENT, SI ON N'A PAS FAIT AU MOINS LE LYCÉE, PERSONNE NE VOUS PREND AU SÉRIEUX...
HAHA...
...
?
ÇA VEUT DIRE QUE TU VEUX RETOURNER À L'ÉCOLE, C'EST ÇA ?
EUH...
JE...
EH ! QU'EST-CE QUE VOUS FAITES ?!

DÉSOLÉE, AKIRA ! LA PROCHAINE FOIS !
HEIN ? AH... OUI...
SA-LUT !
TCHAC
EXCUSEZ-MOI ! QUELQU'UN ME DEMANDAIT SON CHEMIN...
AH, D'ACCORD, MAIS...
SI AKIRA DÉCIDE DE REVENIR...
NE FAITES PAS ENTRER D'ÉTRANGER DANS L'ÉTA-BLISSEMENT !
OUI, OUI !
PFF...
ALORS JE DEVRAI PARTIR...

ぽん
POF
EH !
QU'EST-CE QUE T'AS À TIRER CETTE TÊTE ?
RIEN DU TOUT ...
DIS DONC, ÇA S'EST RAFRAÎCHI, CES DERNIERS TEMPS !
TU TROU-VES ?
JE TROUVE QUE ÇA VA, MOI !
J'EN AI TERMINÉ AVEC CET EXAMEN MÉDICAL
ET PUIS...
ET PUIS ?
ET PUIS...

HAA...
QUAND JE SUIS À TES CÔTÉS, JE NE SENS PAS LE VENT !
A... AH BON ?
MAIS POUR L'INSTANT, NOUS DEVONS RESTER SUR NOS GARDES.
S'IL ARRIVE QUELQUE CHOSE, PRÉVIENS-MOI IMMÉDIATE-MENT !
OUI !
IL FAIT BON.
ON A QUOI, APRÈS, DÉJÀ ?
MATHS.
AUSSI FROID QUE L'HIVER PUISSE ÊTRE, TANT QUE JE SUIS ICI, TOUT IRA BIEN.

TAC...
PAS BESOIN D'ÉCHARPE NI DE GANT !
LA LA-LA
QU'EST-CE QU'ON VA MANGER, AUJOURD'HUI ? ♪
MON PLAT FAVORI !
DU PORC AU CURRY ! ♪
LALA LALA
GYAH !
BLAM

...
DÉSOLÉ ... KAWAKAMI ...
T'ES DRÔLEMENT CHARGÉ !
QU'EST-CE QUE C'EST ? DES ALBUMS ...
TOUCHE PAS !!
Love album
QU... QU'EST-CE QU'IL Y A ?
FERME-LA !
TU M'AS MENTI !

TU N'ES PLUS MON AMI !
TU N'ES QU'UN TRAÎTRE !
HEIN ?
ピンポンパンポーン
DING
DONG
DANG
DONG
AH... QU... QUOI ?!
AKIRA TAKANASHI DE LA CLASSE 1-A EST PRIÉ DE SE RENDRE D'URGENCE DANS LE BUREAU DU DIRECTEUR.

HEIN ?
HEIN ?

TU VEUX PAS RESTER T'ENTRAÎNER UN PEU PLUS LONGTEMPS ?
HEIN ?
QUOI ? MAIS L'ENTRAÎNEMENT EST TERMINÉ DEPUIS LONGTEMPS !
TU COMPTES ME FAIRE COURIR COMBIEN DE TEMPS ?!
J'AI FAIM, MOI !
ALLEZ, ALLEZ !
TU CONTINUES DE L'ENTRAÎNER ?
EN FAIT...
C'EST UN ORDRE EXPRESS ET CONFIDENTIEL DU DIRECTEUR.
TOC
TOC
EXCUSEZ-MOI.
ENTRE !

TCHAC
ガチャリ
VOUS M'AVEZ FAIT DEMANDER ?
JE T'EN PRIE … ASSIEDS-TOI LÀ !
AH ! NON, ÇA VA… JE CROIS QUE JE VAIS RESTER ICI !
J'AI PAS ENVIE DE L'APPROCHER.
AH ?!
HAHAHA ! C'EST MIGNON ! ON FAIT PRESQUE LA MÊME TAILLE !
HEIN !
…
TANT PIS…
JE VAIS ÊTRE DIRECT …

TU N'ES PAS AKIRA TAKANASHI, N'EST-CE PAS ?
HEIN ?
TU ES SA SŒUR JUMELLE, MOMOKO TAKANASHI !
B...
GHH

B... BIEN SÛR QUE NON !!
CETTE STATUE QUI FAIT PRESQUE LA MÊME TAILLE QUE TOI MESURE 153CM.
SUR LE BILAN MÉDICAL, IL EST ÉCRIT QU'AKIRA TAKANASHI MESURE 158CM.
SANS COMPTER LE TALON DES CHAUSSURES, IL Y A UNE DIFFÉRENCE DE 5CM.
COMMENT EXPLIQUES-TU CELA ?
MÉDICAL
AKIRA TAKANASHI
158 cm
50 kg
ET CE N'EST PAS LA SEULE DIFFÉRENCE.
COMMENT JE VAIS FAIRE ?
EH BIEN...
EH BIEN ?
ITÔ...

À L'AIDE !!
ガチャ
TCHAC
C'EST …
M. LE DIRECTEUR, C'EST L'HEURE DE LA RÉUNION.
…
TRÈS BIEN. J'ARRIVE TOUT DE SUITE.
EN RENTRANT, J'EN PARLERAI À ITÔ.
OUF !
TU ES SAUVÉE DE JUSTESSE !
GLUP
MAIS, SURTOUT, N'EN PARLE PAS À ITÔ…

SI TU NE VEUX PAS QU'IL SOIT IMPLIQUÉ !
BATAM
...
QU'ARRIVERAIT-IL SI ITÔ ÉTAIT IMPLIQUÉ ?
IL SERAIT RENVOYÉ TEMPORAI-REMENT ?
OU ALORS...
DÉFINITI-VEMENT ?

JE NE PEUX PAS LAISSER FAIRE ÇA…
JE SUIS RENTRÉ !
BONSOIR, ITÔ ! ♡
C'EST BIEN CHAUD ! ♡
… TU AS DES GANTS ÉNORMES !
POURTANT, TU DISAIS QUE T'AVAIS PAS FROID LA DERNIÈRE FOIS !
OUI, MAIS FINALEMENT, IL FAIT PAS CHAUD DU TOUT, DEHORS !
HM…

IL S'EST PASSÉ QUELQUE CHOSE ?
HEIN ?
POURQUOI ?
JE TE TROUVE DIFFÉRENTE DE D'HABITUDE…
QU'EST-CE QU'IL Y A ? QU'EST-CE QUI S'EST PASSÉ ?
À VRAI DIRE…

IL N'Y A AUCUN PROBLÈME !!
N...
DÉSOLÉE ! T'ES FÂCHÉ ?
JE NE VEUX PAS IMPLIQUER ITÔ.
NE ME FAIS PAS PEUR COMME ÇA, IDIOTE !!
T'AS EU PEUR ?
KYAHAHA !
DANS MON CAS, CE N'EST PAS COMME SI UN ÉLÈVE D'UNE AUTRE ÉCOLE S'ÉTAIT INTRODUIT ICI.
BON...
S'IL N'Y A RIEN, TANT MIEUX.

QUAND ILS AURONT LA PREUVE QUE JE SUIS UNE FILLE, JE SERAI SÉVÈREMENT SANCTIONNÉE.
TU MENS ! TU AS L'AIR EN COLÈRE !
SI JE SUIS RENVOYÉE, IL EST POSSIBLE QUE JE NE PUISSE MÊME PAS RETOURNER DANS MON LYCÉE D'ORIGINE.
PUISQUE JE TE DIS QUE JE NE SUIS PAS FÂCHÉ !
ET S'ILS APPRENNENT QU'ITÔ ÉTAIT IMPLIQUÉ DANS TOUT ÇA,
IL SERA ÉGALEMENT SANCTIONNÉ.
TU ES FÂCHÉ.
JE SUIS PAS FÂCHÉ !
SI.
JE N'AI PLUS QU'À ATTENDRE MA SANCTION EN SILENCE...
PUISQUE JE TE DIS...
TCHAG

ATTENDRE TOUTE SEULE ME FAIT TRÈS PEUR...
MAIS...
QUE JE SUIS PAS FÂCHÉ !
C'EST COMME ÇA !

CLAC
BONJOUR !
FU
QU… QUOI ?! TOUT LE MONDE ME REGARDE. EST-CE QU'ILS SAVENT QUE JE SUIS UNE FILLE ?!
OÙ EST ITÔ ? IL EST À L'ENTRAÎNEMENT ?
SHH
HEIN ? AH… OUI.
QU'EST-CE QUI SE PASSE ?
C'EST LUI…
KAWAKAMI.
HEIN ?

IL PARAÎT QU'IL EST GAY !
...
HM...
T'AS PAS L'AIR SURPRIS ...
OUAH !! SÉRIEUX ?!
T'ES LONG À LA DÉTENTE !
HIER, ON L'A SURPRIS AVEC PLEIN DE PHOTOS SUR LUI.
DES "PHOTOS" ?
AAH, LES ALBUMS D'HIER ?
Y AVAIT UNIQUEMENT DES PHOTOS D'ITÔ ET DE TOI !
QU'IL AVAIT PRISES EN CACHETTE.
AAH ?
...
HEIN ?!
POUR ITÔ, IL Y EN AVAIT MÊME QU'IL AVAIT PRISES DANS LES DOUCHES !

DANS LES DOUCHES...
HAA
J'EN VOUDRAIS BIEN QUELQUES UNES.
EH, TU BAVES...
DIS QUELQUE CHOSE !
ALORS, COMME ÇA, DEPUIS LE DÉBUT, TU NOUS MATES AVEC UN REGARD LUBRIQUE !
TU ME DÉGOÛTES !
L... LA FERME !
J'AI MEILLEUR GOÛT QUE ÇA, JE TE SIGNALE !

QUOI ?!
DES THONS DANS VOTRE GENRE... TRÈS PEU POUR MOI !
TU FERAIS MIEUX DE LES LAISSER OU TU VAS TE RETROUVER ENTRAÎNÉ DANS CETTE HISTOIRE !
...
QU'EST-CE T'AS DIT, ENFOIRÉ ?!!
TCHAC

LAISSEZ-
LE !
TAKA-
NASHI !
IL
AIME LES
GARÇONS,
OK, ET
APRÈS ?
OÙ
EST LE
MAL ?!

ARRÊTEZ D'ENNUYER MON AMI !! REGARDEZ DANS QUEL ÉTAT VOUS L'AVEZ MIS !!
...
TA GUEULE, MINUS ! TOI AUSSI, T'ES COMME LUI ?!
LA FERME !
VAUT MIEUX ÇA QUE D'ÊTRE UN THON DEMEURÉ !!
TCHIN
...

ALORS TOI AUSSI, JE VAIS TE DÉFIGURER !!
GLUP
TAKANA...
BAM

JE SUIS CONTRE LA VIOLENCE.

VOUS FAÎTES TOUT UN FOIN POUR DES CONNERIES !
DÉPÊCHEZ-VOUS DE VOUS ASSEOIR !
ET TOI AUSSI !
ÇA AUSSI, C'EST DE LA VIOLENCE...
HUM
QUOI ?
RIEN...
IL VIENT TOUJOURS À MON SECOURS.
ACTUELLEMENT...

ITÔ, T'ES VRAIMENT INCROYABLE !
JE NE PEUX PAS IMAGINER MA VIE SANS LUI.
HA HA
QU'EST-CE QUI TE PREND TOUT À COUP ?
ÇA SUFFIT MAINTENANT ! ARRÊTE DE RIRE ET ASSIEDS-TOI !
OUI !
J'AIME VRAIMENT CET ENDROIT...
HÉ HÉ !
TOUT À L'HEURE, QUAND JE COURAIS DANS LE COULOIR...
JE ME SUIS FAIT ENGUEULER PAR LE DIRECTEUR !

?
HA-HAHA ! JE VAIS AUX TOILETTES !
PAH
JE REVIENS TOUT DE SUITE !
HA HA HA !
ATTENDS !
?

JE VAIS AUX TOILETTES, MOI AUSSI.
EUH...
BATAM
ぽり…
POM
...
EH, ATTENDS !
TU VAS PAS AUX TOILETTES ?
JE VOULAIS UTILISER LES TOILETTES EXTÉRIEURES.
E... ELLES SONT PLUS GRANDES.

IL FAIT FROID, VOYONS. RETOURNE À L'INTÉRIEUR !
J'AI PAS FROID ! GRÂCE À MES GANTS !
...
MEN-TEUSE !
GH
AH !
NON !!

DANS CE CAS, POURQUOI TU TREMBLES COMME ÇA ?
...
C'EST PARCE QUE...
TOUT À L'HEURE, J'AI EU PEUR QUAND IL A FAILLI ME FRAPPER...
TU NE TREMBLAIS PAS COMME ÇA, SUR LE COUP.
C'EST DEPUIS QUE TU AS ENTENDU PARLER DU DIRECTEUR.

IL T'A DIT QUELQUE CHOSE ?
... !
IDIOTE !
TE CACHER AVEC DES GANTS !
JE SUIS DÉSOLÉ...
QUAND J'Y REPENSE, JE NE PEUX PAS M'ARRÊTER DE TREMBLER.

MAIS JE NE TE LAISSERAI PAS TOUTE SEULE.
QU'EST-CE QUE JE VAIS DEVENIR ?

J'AI PEUR DE RETROUVER LA VIE QUE J'AVAIS EN TANT QUE FILLE…
PEUR DE RETOURNER À L'ÉCOLE ENSUITE…
PEUR DE QUITTER CET INTERNAT…
PEUR D'ÊTRE ÉLOIGNÉE D'ITÔ…
JE…
JE NE PEUX PAS M'ARRÊTER DE TREMBLER.
S'IL VOUS PLAÎT…
…
ÇA VA ALLER…

ON VA SE RÉCHAUFFER À DEUX.
DONNEZ-MOI DU COURAGE !

ICI, JE PEUX RESTER AVEC ITÔ.
JE PEUX ME FAIRE DES TAS DE BEAUX SOUVENIRS.
QUOI QU'IL ARRIVE…

JE TE PROTÉGERAI !
JE SAIS QU'ITÔ VIENDRA À MON SECOURS.
JE VEUX RESTER ICI.
ITÔ !
QUOI ?
MAIS…
POUR TOUJOURS …
JE…
AH…

JE SAIS...
J...

JE VAIS...
PARTIR D'ICI !
QUE MÊME SI NOUS SOMMES SÉPARÉS...
NOUS SOMMES LIÉS À JAMAIS.
Secret girl 4 fin

DOGÛ[1]

[1] STATUETTES DE TERRE DATANT DE L'ÉPOQUE JÔMON (8000-400 AV. J.C.) ET CARACTÉRISÉES PAR UN VISAGE GROSSIER AVEC D'ÉNORMES YEUX, NDT.

[2] PÉRIODE DE L'HISTOIRE DU JAPON QUI DURA DE 1926 À 1989, NDT.

HM...
J'AIME LES GARÇONS !!
Secret girl
spécial
CE COUPLE DE GARÇONS, LÀ-BAS...
LE PLUS GRAND, C'EST ITÔ. J'AI DU MAL À L'OUBLIER, MAIS...
HM...
MAINTE-NANT...
JE SUIS RAIDE DINGUE DE TAKANASHI ! ♡

IL PARAÎT CHÉTIF COMME ÇA, MAIS IL A LE TORSE BIEN DÉVELOPPÉ. IL EST BIEN PLUS VIRIL QU'IL N'Y PARAÎT.
IMAGINATION DE KAWAKAMI
BIEN QUE JE SOIS PLUS GRAND QUE LUI, IL M'A DÉJÀ ASSOMMÉ D'UN COUP DE POING !
CE CONTRASTE EST TROP EXCITANT !
KAWAKAMI IGNORE QUE TAKANASHI EST EN FAIT UNE FILLE.
ET POURTANT !!
CE BORD
IL A PEUT-ÊTRE PEUR DE SE L'AVOUER.
J'AI L'IMPRESSION QUE TAKANASHI N'EST PAS COMPLÈTEMENT DE CE BORD.
MAIS NE T'INQUIÈTE PAS, TAKANASHI !
JE VAIS T'INITIER !!
INTERNAT POUR GARÇONS

HEIN ? REGARDER UNE VIDÉO ?
OUI... C'EST UNE HISTOIRE D'AMITIÉ ENTRE GARÇONS !
OH, ET C'EST BIEN ?
AH, ÇA OUI !
Y A PLEIN D'ACTION ! ÇA VA TE CLOUER SUR PLACE !
JE VAIS D'ABORD METTRE EN AVANT L'AMITIÉ ENTRE GARÇONS.
JE DOIS L'INITIER EN DOUCEUR.
ITÔ EST À SON ENTRAÎNEMENT ALORS T'ES LIBRE, NON ?
ALLEZ ! REGARDE-LA AVEC MOI !
C'EST VRAI...
APRÈS AVOIR VU ÇA, QUELQUE CHOSE EN LUI AURA FORCÉMENT CHANGÉ.

IL TROUVERA L'AMITIÉ ENTRE HOMMES MERVEILLEUSE !
ALORS, ON SE LA REGARDE ?
TAKANASHI EST CAPABLE DE RESSENTIR TOUT ÇA...
C'EST PARTI !!
VLAM
TU T'EN VAS ?
OUI...
J'AI PEUT-ÊTRE ÉTÉ TROP BRUSQUE ?
ふら
FUU
ふら
FUU
AH...
MAIS...

PUBLIÉ DANS LE NUMÉRO DE NOVEMBRE 2005 DU MAGAZINE CHEESE !

Secret girl

Ako Shimaki

Alors que leur relation vient de prendre une nouvelle dimension, Momoko et Itô seront-ils finalement séparés par la fatalité ?

Découvrez leur destin dans le dernier volume de Secret girl !

Secret girl

Secret girl

Collection Shôjo

Dingue de toi !
de Ako SHIMAKI

BOKU NI NATTA WATASHI
by Ako SHIMAKI

Original Japanese edition
published in 2006
by Shogakukan Inc., Tokyo
French translation rights arranged
with Shogakukan Inc.
through The Kashima Agency

French edition in 2008
by Asuka éditions

Traduction :
Sonia Hadj
Adaptation & correction :
Adeline Fontaine & Josselin Moneyron
Lettrage & maquette :
HINOKO
Supervision graphique :
Saloua Okbani
Couverture :
din

Adresse :
18-20, rue Ramus 75020 Paris
Site internet :
www.asuka.fr
Email :
info@asuka.fr

Achevé d'imprimer en France en décembre 2008
sur les presses de l'imprimerie Hérissey
(groupe CPI) à Évreux.

Dépôt légal : décembre 2008

Les ouvrages Asuka sont diffusés
et distribués par Interforum Editis.